ο *Λούκουλος*
τρώει βότσαλα

ISBN 978-960-04-1158-4

© *Ευγένιος Τριβιζάς, 1996*
Αλέξης Κυριτσόπουλος,1996
Εκδόσεις Κέδρος, Α.Ε., 1996

Διαχωρισμοί και Στοιχειοθεσία: ΦΩΤΟΚΥΤΤΑΡΟ Ε.Π.Ε.,
Αρμοδίου 14, 105 52 Αθήνα. Τηλ. 32.44.111
Εκτύπωση: *PROVOLI PUBLICITY A.E.*
Τατοΐου & Πάρνηθος 46. Τηλ. 210-28.51.432

1η ΕΚΔΟΣΗ, ΣΕΠΤΕΜΒΡΙΟΣ 1996
8η ΕΚΔΟΣΗ, ΑΠΡΙΛΙΟΣ 2010

ΕΥΓΕΝΙΟΥ ΤΡΙΒΙΖΑ

ΒΡΑΒΕΙΟ ΙΔΡΥΜΑΤΟΣ
ΚΩΣΤΑ ΚΑΙ ΕΛΕΝΗΣ ΟΥΡΑΝΗ
ΑΚΑΔΗΜΙΑΣ ΑΘΗΝΩΝ

ο Λούκουλος
τρώει βότσαλα

Εικονογράφηση
ΑΛΕΞΗ ΚΥΡΙΤΣΟΠΟΥΛΟΥ

ΚΕΔΡΟΣ

Εκείνο το ηλιόλουστο πρωί,
στη ζούγκλα με τις ροδακινιές,
τα μπαλονόδεντρα
και τις μυστικές σπηλιές,
τα ρακετοκοράκια παίζανε τένις
με το βυσσινί κουφέτο τους ...
... η Κουκουνίτα λάδωνε
με γάλα καρύδας τον έλικα
του ελικοπτεροκροκόδειλου ...

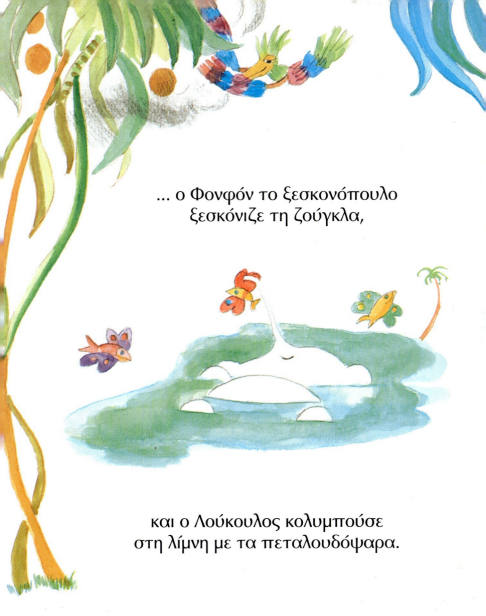

... ο Φονφόν το ξεσκονόπουλο
ξεσκόνιζε τη ζούγκλα,

και ο Λούκουλος κολυμπούσε
στη λίμνη με τα πεταλουδόψαρα.

«Το κολύμπι μού άνοιξε την όρεξη,
σκέφτηκε. Τι να φάω;
Δεν τρώω βότσαλα;»

Έφαγε εκατόν πενήντα βότσαλα.
Και τι έγινε;
Έγινε ο πιο βαρύς ελέφαντας του κόσμου.

Τον είδε τότε ένας γίγαντας
με πράσινες κάλτσες
και κόκκινο μουστάκι.
«Αυτός ο ελέφαντας είναι
ό,τι πρέπει για βαρίδι!»
σκέφτηκε και τον πήρε στο κυνήγι.

Ο Λούκουλος
το 'βαλε στα πόδια.
Ήταν όμως τόσο βαρύς,
που δεν μπορούσε
να τρέξει γρήγορα.
Έτρεχε τόσο αργά,
που στην πραγματικότητα
έτρεχε προς τα πίσω.

Έτσι λοιπόν, τέλος πάντων, ο γίγαντας τον έπιασε και τον πήρε μαζί του στη Χώρα των Γιγάντων.

Στον κήπο του, ο γίγαντας
είχε έναν οδοστρωτήρα
για να κολλάει γραμματόσημα.
Άπλωνε δηλαδή το φάκελο
στα πλακάκια της αυλής,
κατάβρεχε το γραμματόσημο
με το λάστιχο του ποτίσματος
και το πατούσε με τον οδοστρωτήρα
για να κολλήσει.

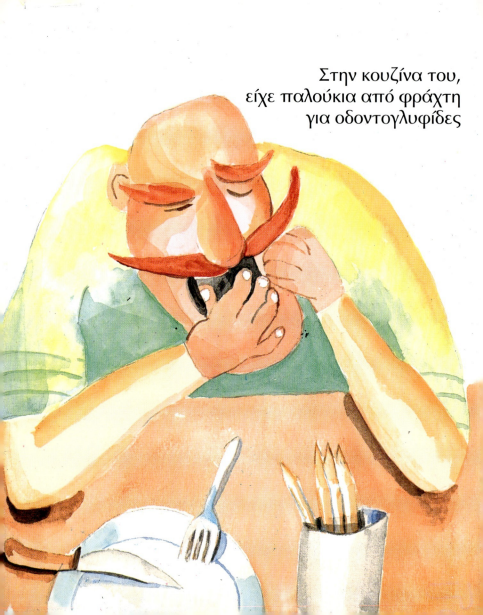

Στην κουζίνα του,
είχε παλούκια από φράχτη
για οδοντογλυφίδες

κι ένα ηλεκτρικό ηφαίστειο
για να μαγειρεύει
φασόλια γίγαντες.

Στο μπάνιο του είχε μια τσουγκράνα για να χτενίζεται.

Στο σαλόνι του
είχε μια γυάλα με χρυσές φάλαινες ...
και έναν ανεμόμυλο για ανεμιστήρα.

Το Λούκουλο τον ακούμπησε
πάνω στα χαρτιά
του γραφείου του,
για να μην τα παίρνει
ο αέρας.

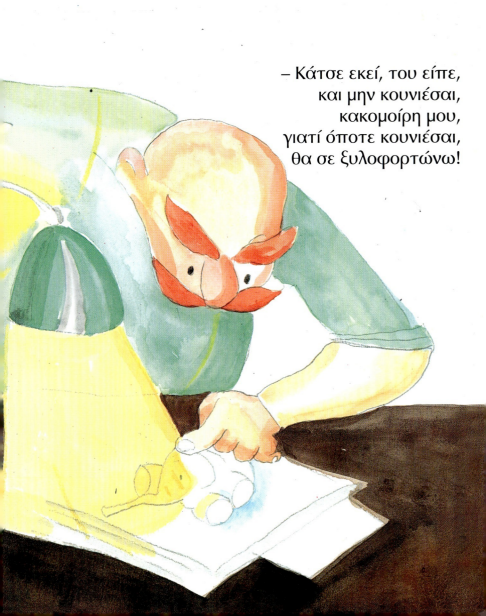

Ο Λούκουλος όμως βαριόταν
να κάθεται χωρίς να κουνιέται,

κι έκανε κάθε τόσο τσουλήθρα
στο τσιμπούκι του γίγαντα
για να ξεμουδιάζει.

Θύμωνε τότε ο γίγαντας,
του έδενε κόμπο την προβοσκίδα,
και του έδινε έξι ξυλιές
με το χάρακα στον ποπό του.

Πέρασαν έτσι μερικές μέρες, ώσπου πήρε ο γίγαντας μια πρόσκληση για το πάρτι των γιγάντων.

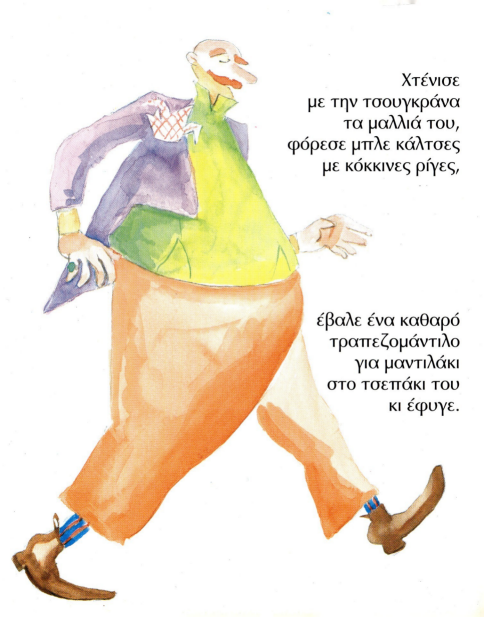

Χτένισε
με την τσουγκράνα
τα μαλλιά του,
φόρεσε μπλε κάλτσες
με κόκκινες ρίγες,

έβαλε ένα καθαρό
τραπεζομάντιλο
για μαντιλάκι
στο τσεπάκι του
κι έφυγε.

Το πάρτι των γιγάντων
είχε τεράστια επιτυχία.
Οι γίγαντες ήπιανε
πορτοκαλάδες με παγόβουνα ...

*(Οι γίγαντες, για να μαθαίνετε,
δε ρίχνουνε στην πορτοκαλάδα
τους παγάκια,
ρίχνουνε παγόβουνα,
και τη ρουφάνε
με τσιμεντοσωλήνες.)*

... φάγανε νόστιμους
καναπέδες ...

*(Στα πάρτι των γιγάντων
δε σερβίρουνε καναπεδάκια,
σερβίρουνε καναπέδες.)*

... φάγανε γλυκό
του φτυαριού ...

*(Οι γίγαντες, όπως είναι γνωστό,
δεν τρώνε γλυκό του κουταλιού,
τρώνε γλυκό του φτυαριού.)*

... και μασήσανε
θερμοφόρες.

*(Οι γίγαντες δε μασάνε τσίχλες,
μασάνε θερμοφόρες
με γεύση κανέλας.)*

Στο μεταξύ, ο Λούκουλος,
που είχε μείνει μόνος του,
βρήκε την ευκαιρία να τηλεφωνήσει
στη ζούγκλα του Ζουπαζονίου.
Το τηλέφωνο το σήκωσε
ο Μπανανίας το μπανανηδόνι.
– Εμπρός. Εδώ ζούγκλα.
Τι επιθυμείτε, παρακαλώ;
– Γεια σου, Μπανανία.
Ο Λούκουλος είμαι.

– Τι έγινες, βρε παιδί μου;
Σε χάσαμε.
Και σένα και τα βότσαλα.
– Άσ' τα, μ' έπιασε ένας γίγαντας!
Με χρησιμοποιεί για βαρίδι.
– Σοβαρά;
– Σοβαρότατα.
Με ξυλοφορτώνει κιόλας!
– Α, το παχύδερμο!
– Αυτό, σε παρακαλώ,
να μην το ξαναπείς!
– Και γιατί δε φεύγεις;
– Τον φοβάμαι. Είναι πελώριος.
Γίγαντας σου λέω, παιδί μου!
Γίγαντας!
– Για πες μου κάτι, τι τρώει;
– Φασόλια γίγαντες. Τι άλλο;
– Α, χα! Γι' αυτό είναι γίγαντας!
Ξέρεις τι λέω να κάνεις;
– Τι;
– Να τον ταΐσεις ρεβίθια!
– Γιατί;
– Για να γίνει κοντορεβιθούλης.

Εκείνη τη στιγμή μπήκε στο γραφείο ο γίγαντας.
Ο Λούκουλος κατέβασε το ακουστικό
και πήρε αθώο ύφος.
– Δεν πιστεύω να τηλεφωνούσες;
μούγκρισε ο γίγαντας,
που ήταν πολύ καχύποπτος.
– Όχι, είπε ο Λούκουλος. Δεν τηλεφωνούσα.
Φύσαγα το ακουστικό για να φύγει η σκόνη.
Φου! Φου! Φου!

Το βράδυ,
όταν ο γίγαντας
έπεσε να κοιμηθεί,
ο Λούκουλος
πήγε στην κουζίνα,
άδειασε τα φασόλια
από την κατσαρόλα
και τη γέμισε
ρεβίθια.

να μικραίνει
να ζαρώνει
να μαζεύει
να στενεύει
να κονταίνει
να σουφρώνει

Σε λίγο είχε γίνει κοντορεβιθούλης.
Ίσα ίσα που τον έβλεπες.

– Αχ, τι έπαθα!
έβαλε τα κλάματα.
Τι συμφορά είναι
αυτή που με βρήκε!
Έγινα κοντορεβιθούλης!
Λούκουλε,
Λουκουλάκι μου γλυκό,
πρόσεξε, σε παρακαλώ,
να μη με πατήσεις,
γιατί έχεις και βαρύ πόδι,
βρε παιδί μου!

– Αν δε θέλεις να σε πατάνε, να κάθεσαι
σε μια γωνιά και να μην κουνιέσαι!
τον αποπήρε ο Λούκουλος. Κατάλαβες;
Άντε, να μη θυμώσω και σου δώσω
έξι ξυλιές με το χάρακα στον ποπό σου!
Ορίστε μας!

Πήρε μετά το τσιμπούκι και το στυπόχαρτο
και γύρισε στη ζούγκλα με τις ροδακινιές,
τα μπαλονόδεντρα και τις μυστικές σπηλιές.

– Τι είναι αυτά που έφερες; ρώτησαν οι φίλοι του.
– Ένα τσιμπούκι για να κάνουμε τσουλήθρα,
και ένα στυπόχαρτο για να κάνουμε τραμπάλα!
εξήγησε ο Λούκουλος.

Και, χωρίς να χάνουνε καιρό,
αρχίσανε αμέσως το παιχνίδι ...

Ο ΥΜΝΟΣ ΤΟΥ ΛΟΥΚΟΥΛΟΥ

Όταν το φεγγάρι παίρνει φωτιά,
το τυλίγει ο καπνός,
ποιος το σβήνει; Ποιος;
Ο Λούκου-Λούκου-Λούκου-λός!

Όταν του τσίρκου ο διευθυντής
γελάει ο χοντρός,
ποιος τον κάνει πίτα;
Ποιος;
Ο Λούκου-Λούκου-Λούκου-λός!

Όταν ο δράκος κλέβει φράουλες
ο τρομερός,
ποιος τον βρίσκει; Ποιος;
Ο Λούκου-Λούκου-Λούκου-λός!

Όταν στη Συννεφοχώρα έχει συννεφιά,
ποιος τον ήλιο παριστάνει,
ποιος λαμποκοπάει αστραφτερός;
Ο Λούκου-Λούκου-Λούκου-λός!

Ο Λούκουλός μας είναι ένας,
δεν υπάρχει άλλος κανένας,
ούτε σ' ανατολή, ούτε σε δύση,
ούτε στο Αβγατηγανιστάν
ούτε στο Πιπερού, ούτε στο Παρίσι!